Ferdinand Auhser

BAKABU UND DIE (NICHT GANZ) STILLE NACHT

mit Illustrationen von
Cecile M. Lederer

FERDINAND AUHSER

BAKABU

UND DIE NICHT GANZ STILLE NACHT

MIT ILLUSTRATIONEN VON
CECILE M. LEDERER

VERMES VERLAG

Der Verlag weist ausdrücklich darauf hin, dass im Buch enthaltene externe Links vom Verlag nur bis zum Zeitpunkt der Buchveröffentlichung eingesehen werden konnten. Auf spätere Veränderungen hat der Verlag keinerlei Einfluss. Eine Haftung des Verlags ist daher ausgeschlossen.

KULTUR NIEDERÖSTERREICH

1. Auflage

Tullnbachlände 33, 3430 Tulln an der Donau

Illustrationen: Cecile M. Lederer
Inhaltliches Lektorat: Ines Häufler
Korrektorat: Mag.ª Dr.in Elisabeth Schäfer
Gestaltung & Bildbearbeitung: Cecile M. Lederer,
butjabutja - multicrossmedia, 1140 Wien, butjabutja.com
Projekt-Initiatoren: Arthur Lauber, Mag. Dr. Ferdinand Auhser, Manfred Schweng
Grafischer Entwurf Bakabu: Mag. Norbert Kienbeck
Druck und Bindung: Print Consult GmbH
Oettingenstraße 23, 80538 München

ISBN: 978-3-9504391-5-1
Printed in Germany

www.vermes-verlag.com

Inhalt

VORGESCHICHTE

Unsere Geschichte beginnt auf der Erde. In einem kleinen Ort namens Oberndorf. Und zwar vor langer, langer Zeit …

Wir schreiben das Jahr 1818. Das ist so lange her, dass damals vielleicht gerade die Oma der Oma der Oma eurer Oma ein Kind ist. Es ist so lange her, dass die Menschen zu dieser Zeit noch keine Handys kennen. Und keine Autos und auch keinen elektrischen Strom. Doch etwas gibt es schon: das Weihnachtsfest. Und auch damals ist das Weihnachtsfest für viele Menschen auf der Erde etwas ganz Besonderes.

Daher ist es umso schlimmer, wenn dieses Fest einmal in Gefahr ist …

1818

EINE KRANKE ORGEL

„HUUUST, HUUUST, HUUUST!"
So klingt es, als der junge Lehrer Franz Xaver Gruber die Tasten der Kirchenorgel drückt. Normalerweise sind ihre hellen Töne in ganz Oberndorf zu hören, doch heute ist nur ein verstaubtes Keuchen aus ihr herauszubekommen.

„Sie ist kaputt", seufzt er verzweifelt.
„Aussichtslos", stöhnt sein Freund Joseph Mohr. Er ist der Pfarrer hier im Ort und nimmt gerade den Blasebalg hinter der Orgel unter die Lupe. „Anscheinend bekommt sie zu wenig Luft."
„Aber was sollen wir jetzt bloß tun, Joseph? Heute ist der 24. Dezember. Der Heilige Abend. Du weißt, dass es ohne die Orgel kein Weihnachtslied gibt. Nur mit ihr kann es gespielt und gesungen werden."

„Ich weiß“, antwortet der Pfarrer. „Ohne das Lied entzündet sich keine einzige Kerze auf den Weihnachtsbäumen. Und ohne leuchtende Kerzen gibt es kein Weihnachtsfest und keine Geschenke. Das ist eine Katastrophe!“

„Vor allem für die Kinder! Stell dir das nur vor!“

Franz Xaver schlägt die Hände vors Gesicht. „Wir müssen etwas unternehmen! Bloß was?“

„Ich denke, es gibt nur eine Person, die herausfinden kann, was ihr fehlt. Sonst ist das Weihnachtsfest verloren! Wir müssen schnell auf den Berg und ihn hier herunterbringen.“

Kaum hat Joseph das gesagt, ertönt ein langgezogenes Quietschen. Ein kalter Windhauch und einige Schneeflocken wehen bei der schweren Kirchentür herein und eine finstere Gestalt mit einem schneebedeckten Umhang stapft zielstrebig zur Orgel.

Schweigend berührt der geheimnisvolle Mann das Instrument, das sofort wieder laut zu husten beginnt. Mohr und Gruber schrecken zurück. Nun zieht der Besucher seine Kapuze vom Kopf, unter der ein uraltes Gesicht zum Vorschein kommt. Mit Falten, die so tief sind, dass sich sogar einige Schneeflocken dazwischen verfangen haben.

Als der alte Mann ein Ohr auf die Tasten der Orgel legt, röchelt sie noch einmal. Darauf hebt er den Kopf. Mit traurigen Augen blickt er Joseph und Franz Xaver an.
„Die Orgel hat mich gerufen. Sie bekommt zu wenig Luft. Sie glaubt nicht, dass sie heute Nacht das Lied spielen kann."

„Aber … gibt es denn kein anderes Weihnachtslied, das wir singen könnten?", fragt der junge Franz Xaver aufgeregt.
„Nun, so einfach ist das nicht, mein Junge", antwortet der alte Mann. „Das einzige Weihnachtslied, das es hier weit und breit gibt, ist in der Orgel. Ihr wisst, ein Weihnachtslied ist etwas ganz Besonderes. Mit Zauberkräften. Ein Lied, das alle Kerzen und alle Herzen im ganzen Dorf zum Leuchten bringt. Es wohnt in der Orgel, damit es in Sicherheit ist und kommt nur heraus, wenn es von ihr gespielt wird."

Schnell stapft der Alte wieder in Richtung Tür. „Das ist eine sehr heikle Situation. Sehr, sehr heikel.

Wir haben nicht mehr viel Zeit. Das Weihnachtsfest ist in Gefahr. Aber vielleicht … vielleicht gibt es doch noch einen Weg, wie wir es retten können.“ Mit diesen Worten zieht er die quietschende Türe auf und stapft hinaus in den Schnee und in die klirrende Kälte.

„Er ist der einzige, dem es noch gelingen kann, ein Weihnachtslied zu finden. Schließlich ist er der Weihnachtshirte“, flüstert Joseph seinem Freund zu. „Seit ich denken kann, wohnt er da oben am Berg. Er könnte es nicht ertragen, wenn die Menschen und vor allem die Kinder einmal nicht Weihnachten feiern.“

Der Mann, den die beiden den Weihnachtshirten genannt haben, marschiert nun zügig mit seinem Stock den Berg hinauf.

Es ist weit und breit niemand zu sehen und dennoch beginnt er plötzlich zu sprechen: „Die Lage ist sehr ernst, das weißt du. Das Fest ist in Gefahr. Wir brauchen dringend ein Lied."
„Aber wo sollen wir denn eines herbekommen?", fragt plötzlich eine helle Stimme vom Umhang des Alten.

„Das ist nun deine Aufgabe, mein kleines Schneeflöckchen", sagt der Weihnachtshirte zu seiner Schulter. Und dort sitzt tatsächlich schon die ganze Zeit ein kleines Wesen: eine Schneeflocke, die nun langsam größer wird. „Du musst dich auf die Suche machen, denn ich bin zu schwach. Erst wenn das Lied gesungen und das Fest gefeiert wird, komme auch ich wieder zu Kräften."

„Und wo soll ich nach diesem Lied suchen?"
„Das weiß ich leider auch nicht, denn die Weihnachtslieder auf der Erde sind gut versteckt. Aber ich habe etwas für dich, das dir den richtigen Weg weisen wird", keucht der Weihnachtshirte und stapft weiter auf seine Hütte zu.

KAMMERTON A.

SCHNEECHAOS IM SINGELAND

Im Singeland liegt Schnee. So viel Schnee, dass sich niemand mehr erinnern kann, wann zuletzt so viel Schnee gelegen ist. Doch im kleinen Dörfchen Hornhausen hört man schon von Weitem ein fröhliches Pfeifen.

„Charlie Gru!", ruft eine aufgeregte Stimme. „Wo steckst du nur? Wir müssen … pust, pust … eine Schnee-Tontaube und einen … pust, pust … Schnee-Ohrwurm bauen. Los!"

Bakabu, der Ohrwurm, zischt durch den Schnee. Er taucht an einer Stelle ein und springt an einer anderen wieder heraus. Natürlich ist er auf dem Weg zu seinem besten Freund: zu Charlie Gru, der Tontaube.

STOP
ANGST
PANIKRAUM

„Charlie Gru, Charlie … pust, pust … Gru", lacht Bakabu und pustet den Schnee davon, der ihm vor lauter Übermut beim Pfeifen in den Mund gekommen ist. „Ist das nicht großartig? So etwas habe ich überhaupt noch niemals nie nirgends nicht gesehen."

Endlich ist er angekommen. Unter einer dicken, alten Zitterpappel klopft er an eine Türe im Boden, die man nur dann finden kann, wenn man auch ganz genau weiß, dass sie da ist. Diese Türe liegt über einer Grube, in der die ängstlichste Tontaube im ganzen Singeland wohnt:
Charlie Gru.
Deshalb heißt die Grube auch Charlie Grube.

Charlie Gru wohnt darin, weil er in einem Nest am Baum viel zu große Angst hätte, abzustürzen. Nach einiger Zeit wird die Türe zögerlich geöffnet.

„B-B-Bakabu. W-W-Wie kannst du nur … b-b-bei diesem Wetter … d-d-dein Haus verlassen?" Charlie Gru zittert wie Espenlaub. Oder besser: Er zittert wie Zitterpappellaub. Er hat seinen Schal und noch einen und noch einen Schal umgewickelt, trägt wollige Hausschuhe, eine Pelzmütze und hat ein Fieberthermometer im Mund.

„Charlie Gru, bist du denn krank?", fragt Bakabu besorgt.
„N-N-Noch nicht. Aber w-w-was nicht ist, d-d-das kann ja noch werden", bibbert Charlie Gru. „B-B-Bei dieser Kälte. Und diesem Schnee. Und diesem Wetter. F-F-Furchtbar f-f-f-ürcht …"

„HATSCHI-BÄÄÄNG!"

Charlie Gru kann seinen ängstlichen Satz gar nicht fertig sprechen, denn ein lauter Knall hallt plötzlich durch das Dörfchen Hornhausen.

„Ach du meine Güte. H-H-Hast du das gehört, Bakabu? J-J-Jetzt ist es so weit. D-D-Das Singeland g-g-geht unter! W-W-Wahrscheinlich ist es eine W-W-Wa-line."

„Ach, Unsinn, Charlie Gru, keine Lawine. Das war doch bloß ein Knall. Und du weißt, wer im Singeland den größten und lautesten Knall hat. Los, wir müssen schnell zu ihr und fragen, was passiert ist. Sie knallt doch nicht einfach ohne Grund!"
„A-A-Aber Bakabu, nie und nimmer kann ich ..."

Doch Bakabu hat Charlie Gru schon gepackt und so schnell aus der Charlie Grube gezogen, dass die Tontauben-Hausschuhe nur so durch die Luft fliegen.

MIMI LOU UND SCHNEEFLÖCKCHEN

Gemeinsam machen sie sich durch den Schnee auf den Weg in den nahegelegenen Wald. Denn tief im Wald gibt es einen Teich. Und am Teich wohnen die Knallfrösche. Und einer dieser Knallfrösche ist Bakabus und Charlie Grus beste Freundin. Sie heißt Mimi Lou.

Mimi Lou ist der stärkste, aufgeweckteste, vorlauteste und durchgeknallteste Knallfrosch, den man sich nur vorstellen kann.

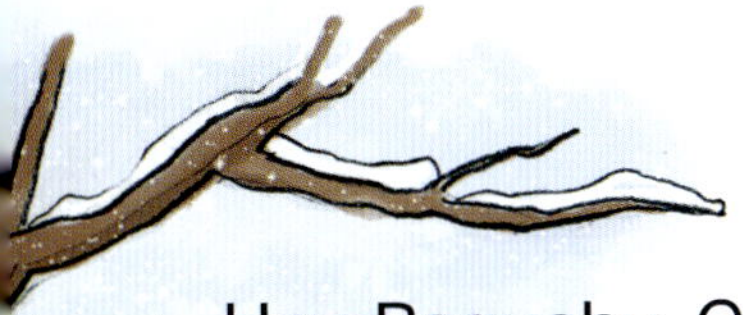

„Hey, Baquabu, Charlie Gru! Los! Hierher. Nun macht schon!“ Kaum haben die beiden Freunde den Wald betreten, blicken schon zwei aufgeregte Knallfrosch-Augen aus einer Baumkrone hervor.

„Quommt her, bevor euch jemand sieht. Los, los, los!“
„Mimi Lou, was ist denn los? Wir haben es knallen gehört?“, ruft Bakabu.
„Jaw-w-wohl, h-h-hallen ge-knört …“, stammelt Charlie Gru.

Es ist nämlich so: Immer, wenn Mimi Lou besonders aufgeregt ist oder wenn sie sich sehr anstrengt, füllen sich ihre Knallfrosch-Backen mit Luft, bis sie aussehen, wie zwei riesige grüne Luftballons. Und wenn sie bis zum Platzen voll sind, muss Mimi Lou schrecklich laut niesen und dieses Niesen ist so laut, dass es sich für alle anderen anhört, wie ein riesiger Knall:
HATSCHI-BÄÄÄNG.

„Pssst! Quakt nicht so laut. Wir haben ein Problem. Ein quomplizierteres Problem“, schnauft Mimi Lou, während sie sich geschickt vom Baum abseilt und im Kreis um die beiden herumstapft.
„Oh ja“, zittert Charlie Gru. „Ein sehr kompliziertes, s-s-sehr kaltes, s-s-sehr weißes Schnee-Problem.“
„Ach Quatsch!“, wirbelt Mimi Lou herum. „Oder doch. Quann man eiquentlich so saquen. Wir haben nämlich Besuch.“
„Besuch? Wo?“, fragt Bakabu und Charlie Gru zieht seinen Kopf sofort unter die drei Schals, die er umgewickelt hat.

„Hier“, antwortet plötzlich eine helle Stimme von einem verschneiten Ast am Baum.

„Wo?“ Bakabu kann noch immer niemanden sehen.

„Hier", sagt Schneeflöckchen noch einmal und schwebt auf Mimi Lous Kopf. „Und ich glaube, ich habe etwas mitgebracht." Dabei deutet die Besucherin verlegen auf den vielen Schnee rund um sich. „Das passiert mir immer, wenn ich verreise."

„Das ist Schneeflöckchen. Sie quommt von der Erde. Aus der Verquangenheit. Aus dem Jahr 1818. Und sie ist mit einem Quakischen Quekonom zu uns quereist."

„Quakisches Quekonom?", fragt Bakabu verwirrt.

„Nicht ganz. Es heißt MAGISCHES METRONOM", erklärt Schneeflöckchen. Dabei zieht sie ein seltsames Ding aus ihrem Täschchen, das aussieht wie eine kleine Pyramide mit einem Pendel an der Seite.

„Mit dem Magischen Metronom kann man durch Raum und Zeit reisen. Und wieder zurück. Man muss ihm nur einen Wunsch zuflüstern, und es findet den richtigen Ort und die richtige Zeit. Und es hat mich hierhergebracht. Denn auf der Erde gibt es ein Problem."

„Ein seeehr quompliziertes Problem", ergänzt Mimi Lou.

„Ein Problem auf der Erde?", wundert sich Bakabu. „Aber was kann es denn auf der Erde für ein Problem geben? Dort gibt es doch die tollsten Lieder weit und breit."

„Genau das ist das Problem", meint nun Schneeflöckchen. „Ich bin auf der Suche nach einem Weihnachtslied für das Weihnachtsfest."

„Weihnachtslied?", fragt Bakabu.
„L-L-Leihnachts-wied?", stammelt Charlie Gru.
„Was ist denn das?", fragen nun beide.

„Ein Weihnachtslied ist ein ganz besonderes Lied! Es hat Zauberkräfte. Ein Weihnachtslied bringt die Kerzen am Weihnachtsbaum zum Leuchten. Und die Herzen der Menschen. Und wenn Kerzen und Herzen leuchten, ist Weihnachten, denn dann ist jeder Streit vergessen und niemand braucht Angst zu haben. Und dann gibt es Geschenke!"

„QUESCHENQUE?", ruft Mimi Lou aufgeregt.
„K-K-KEINE ANGST?", flüstert Charlie Gru.
„Ein ZAUBERLIED?", strahlt Bakabu.
„Genau. Doch unser Weihnachtslied wohnt in der Orgel und die Orgel hat Husten. Also kann sie das Lied nicht spielen.

Deshalb bin ich auf der Suche nach einem neuen Weihnachtslied. Wisst ihr vielleicht, wo ich eines herbekomme? Es muss doch hier eines geben, sonst hätte mich das Metronom nicht zu euch gebracht!"

Bakabu, Charlie Gru und Mimi Lou sehen einander ratlos an und schütteln die Köpfe.

„Oh weh, oh weh", seufzt Schneeflöckchen „Ohne Weihnachtslied gibt es keine leuchtenden Kerzen und dann … gibt es auch kein Weihnachtsfest und keine Geschenke."

„QUEINE QUESCHENQUE??", ruft Mimi Lou entsetzt. „Aber wir sind doch hier im Sinqueland! Wo soll es denn sonst ein Weihnachtslied queben?"

„Ein Zauberlied, Charlie Gru", japst Bakabu aufgeregt. „Das müssen wir unbedingt finden. UNBEDINGT! Und ich weiß auch schon, wo wir am besten mit unserer Suche beginnen. Los, kommt mit!"

„Aber wir müssen uns beeilen“, ruft Schneeflöckchen. „Es bleibt nicht mehr viel Zeit!“

WER KENNT EIN WEIHNACHTSLIED?

„Weihnachtslied, Weihnachtslied … das ist aber ein lustiger Name. Und sicher ein lustiges Lied", freut sich Ukuleila, die schrille Grille. „Das klingt bestimmt so, hihihi", lacht sie und beginnt gleich, auf ihrer Gitarre zu spielen. „Behaltet die Kerzen im Auge! Im Nu werden sie brennen, ihr werdet schon sehen!" Aber auf keiner der Kerzen in Ukuleilas schneebedecktem Gitarrenhaus bewegt sich etwas. Sie versucht es wieder und wieder, doch nicht das kleinste Flämmchen entzündet sich. Als Bakabu, Charlie Gru, Mimi Lou und Schneeflöckchen schon wieder weiterziehen wollen, ruft ihnen die schrille Grille noch hinterher:

„Aber eine Orgel, die Husten hat, sagt ihr? Da habe ich ein gutes Mittel. Ihr müsst ihre Pfeifen mit einem warmen Schal einwickeln. Und euch auch, sonst werdet ihr noch zu Schneewürmern und Schneetauben und Schneefröschen, hihihi …"
Im Nu hat Ukuleila für die Orgelpfeifen einen dicken, langen, weichen Schal gestrickt. Und auch Bakabu und Mimi Lou werden warm eingekleidet.

Nur Schneeflöckchen möchte gerne auf das wollige Geschenk verzichten. Sie mag es lieber kühl, meint sie.

Danach laufen die Freunde schnell weiter zu Jack Embalo, dem maulenden Maulesel, der ein großes Iglu rund um sein Klavier gebaut hat.

„Weihnachtslied? Bei diesem Schnee?", schnaubt Jack Embalo. „Das ist bestimmt ein sehr trauriges Lied. Ich denke, es müsste wohl so klingen", mault er und klimpert mit seinen Hufen missmutig auf den Tasten. Doch auf der abgebrannten Kerze am Klavier ist nicht der Hauch einer Flamme zu sehen.

Als sich die Freunde gleich wieder auf den Weg machen, knurrt der Maulesel: „Na schön, Weihnachtslied kenne ich also keines. Aber eine Orgel mit Husten? Da wüsste ich schon etwas. Hier habt ihr eine Kanne mit heißem Tee. Den gießt ihr in ihre Pfeifen, dann ist sie im Nu wieder gesund. Da bin ich mir sicher."

Der Tee jagt Schneeflöckchen ordentlich Angst ein, so wie alles, was heiß ist. Bakabu steckt die Kanne rasch in seine Wolltasche und die Freunde setzen ihre Suche fort.

„Also gut, Jack Embalo kennt auch kein Weihnachtslied. Aber es gibt jemanden in Hornhausen, der schon alles gesehen und alles gehört hat. Bei ihm haben wir sicher Glück“, meint Bakabu aufmunternd zu Schneeflöckchen.

„Nanu, was macht ihr denn hier? Bei diesem Wetter?" Onkel Kornett, die alte Ohrmuschel, öffnet die Tür seines Nebelhorns mit einer dicken Pelzmütze auf seinem Muschelkopf. „Kommt nur herein. Anton Kammerton ist auch gerade hier. Der viele Schnee hat ihm wohl Albträume beschert." Dabei blickt er auf seinen kleinen, alten Freund, der in einem Ohrensessel vor sich hinschlummert.

„Onkel Kornett, Anton Kammerton", ruft Bakabu, „das ist Schneeflöckchen. Sie kommt von der Erde aus einer Zeit, die lange, lange zurückliegt, aus dem Jahr Achtzehnhundert ..."

„ACHT-ZEHN-HUNDERT", wundert sich Onkel Kornett.

„Achtzehnhundert und Achtzehn“, ergänzt Schneeflöckchen.

„ACHT-ZEHN-HUNDERT UND ACHT-ZEHN“, wiederholt Onkel Kornett und pafft einige dicke Rauchwolken aus seiner Meerschaumpfeife. „Das ist wohl die größte Zahl, die ich jemals gehört habe. Was meinst du, Anton?“
Dabei gibt er seinem schläfrigen Freund einen aufmunternden Klaps. „Diese Zeit muss sehr lange zurückliegen. So alt siehst du doch noch gar nicht aus, kleines Schneeflöckchen. Also, was führt dich hierher?“

„In meinem Dorf gibt es eine Orgel und in dieser Orgel wohnt das Weihnachtslied, das jedes Jahr zum Weihnachtsfest gespielt wird. Aber die Orgel hat Husten und nun ist das ganze Weihnachtsfest in Gefahr. Also brauchen wir dringend ein neues Weihnachtslied.“

„Das Weihnachtsfest, das Weihnachtsfest, das alle Kerzen brennen lässt", murmelt Onkel Kornett und blickt aus dem Fenster auf die schneebedeckte Landschaft. „Das Fest braucht nun ein Zauberlied, bei dem die Weihnachtskerze glüht!"
„Genau", freut sich Bakabu. „Du kennst doch sicher eines, ja?"

Plötzlich beginnt Onkel Kornett in einem Kasten zu kramen und murmelt dabei etwas vor sich hin: „Ein Lied ... zum Kerzenlicht entzünden ... ist hier wohl ... nicht leicht zu finden. Doch sind die Pfeifen gut gespült, ist keine Orgel mehr verkühlt."
„Was m-m-murmelt der denn da?", flüstert Charlie Gru.

„AAA-HAAA", jubelt Onkel Kornett plötzlich so laut, dass die Tontaube zusammenzuckt.
Stolz hält er den Freunden eine große Holzkiste unter die Nasen.
„Ist da ein Weihnachtslied drinnen?", quakt Mimi Lou vorlaut.
„Na ja, nicht ganz", murmelt Onkel Kornett.
„Aber der beste und größte Pfeifenreiniger, den ich besitze. Mit ihm müsst ihr die Pfeifen der Orgel ordentlich durchfegen. Dann kann sie ihr Weihnachtslied ohne Probleme spielen. Da bin ich mir ganz sicher."

Schnell schnappt sich Mimi Lou die Kiste mit dem Pfeifenreiniger.
„Wir haben noch immer kein Weihnachtslied", sagt Bakabu. „Aber dafür haben wir alles, um die Orgel wieder gesund zu bekommen. Jetzt müssen wir mit Schneeflöckchen zur Erde, damit wir endlich das Zauberlied hören und damit es ein Weihnachtsfest und Geschenke gibt!"

„Dann nehmt zur Sicherheit meine Nachtlampe mit", gähnt auf einmal eine müde Stimme aus dem kleinen Ohrensessel. Anton Kammerton ist doch noch aufgewacht. „Wer weiß, vielleicht beginnt sie ja auch zu leuchten und ... gähn ... wo ein Lichtlein ist, da ist bekanntlich ... gähn ... auch ein Weg." Und schon ist er wieder eingeschlafen.

REISE ZUR ERDE

Eilig verlassen Bakabu, Charlie Gru, Mimi Lou und Schneeflöckchen mit Schal, Kanne, Kiste und Nachtlampe Onkel Kornett und Anton Kammerton. Sie müssen schnell zu Bakabus Haus, vor dem sein Schiff steht.

Charlie Gru zittert am ganzen Körper: „B-B-Bakabu, nie und nimmer kann ich zur Erde reisen. Bei diesem W-W-Wetter und diesem Schnee. Und mit dem T-T-Tragischen M-M-Megaphon. D-D-Das ist nun w-w-wirklich viel zu gefährlich."

„Wir müssen, Charlie Gru. Du hast es doch gehört. Ohne Weihnachtslied gibt es kein Weihnachtsfest und keine Geschenke! Und außerdem: Es heißt Magisches Metronom. Und außer-außerdem: Ein Lied mit Zauberkräften, Charlie Gru! Das müssen wir doch unbedingt mit ins Singeland bringen!"
„Aber Bakabu ..."
„Queine Widerrede", bestimmt Mimi Lou, die schon in Bakabus Schiff sitzt.

„Auf zur Erde, ins Jahr 1818. Auf mein Quommando! Aber ... Wo quehts denn hier eiquentlich in die Verquangenheit?"
„Ähm ... das ist nicht so einfach", sagt Schneeflöckchen. „Wir müssen fliegen, damit das Magische Metronom funktioniert, wisst ihr? Die Zeit vergeht nämlich im Flug."
„Kein Problem", ruft Bakabu. „Wir brauchen bloß einen schönen, bunten Regenbogen, dann ist mein Schiff das tollste Flugzeug, das ihr euch nur vorstellen könnt."
„Ich w-w-weiß nicht. Eine Reise in d-d-die V-V-Vergangenheit. Ich g-g-glaube, dafür fehlt mir im Moment die Zeit", zittert Charlie Gru.

„Gerade fällt mir ein, dass ich wohl die T-T-Türe zu meiner Grube nicht versperrt habe. Ich muss schnell nach Hause."

Doch Mimi Lou hält Charlie Gru an seinen Federn zurück. „Hierqueblieben, du Angst-Taube. Schneeflöckchen braucht uns! Und die Menschen auf der Erde auch! Vor allem die kleinen Menschen! Also los! 1818, wir quoooommen!"

Gleich darauf erheben sich die vier Abenteurer auf einem wundervollen Regenbogen in die Luft. Schneeflöckchen zieht das Pendel des Metronoms zurück, das sofort hin- und herschwingt.

Sie flüstert ihm leise etwas zu und es beginnt zu ticken. Es tickt und tackt, schneller und noch schneller und Bakabus Schiff beginnt immer heftiger zu rütteln.

„Oh weh, oh weh, oh weh", jammert Charlie Gru, der schon die Reißleine seines Fallschirms ziehen möchte. Doch im gleichen Moment verwandeln sich das Metronom und der ganze Regenbogen in einen gleißenden Blitz, der so hell ist, dass Bakabu, Charlie Gru, Mimi Lou und Schneeflöckchen die Augen fest zumachen. Für einen kurzen Moment sehen sie nur noch viele leuchtende Sterne. ZISCH … und weg sind sie.

Als sie wieder blinzeln, ist das grelle Licht verschwunden. Genauso, wie der Regenbogen. Und Hornhausen und das ganze Singeland. Es ist Abend und Bakabus Schiff steht plötzlich in einem dunklen Raum, der nur vom Mond ein wenig erhellt wird.

„Hast du es gefunden, Schneeflöckchen?", krächzt eine alte, zittrige Stimme.

Charlie Gru schlägt beide Flügel vor seine Augen, Mimi Lou bläht vor Aufregung ihre Wangen auf und auch Bakabu zuckt zurück. Nur Schneeflöckchen hat keine Angst.
Langsam steigt sie in die Luft und gleitet in die Richtung, aus der die Stimme gekommen ist.
„Nicht ganz", flüstert sie, „aber ich habe das Singeland gefunden. Das Land, wo die Musik zu Hause ist."

„Ja? Und das Weihnachtslied? Hast du eines mitgebracht?“
„Kein Lied. Aber Freunde, die uns dabei helfen werden, die Orgel wieder in Schuss zu bringen. Das sind Mimi Lou, der Knallfrosch, Charlie Gru, die Tontaube und Bakabu, der Ohrwurm.“
„Guten Tag“, sagt die Gestalt mit freundlicher Stimme und nähert sich nun wackelig den Besuchern aus dem Singeland. „Willkommen in meiner bescheidenen Hütte. Mein Name ist Jonathan, aber alle nennen mich bloß den Weihnachtshirten.“

DAS ERSTE WEIHNACHTSFEST

„Guten Tag, Weihnachtshirte", stottern Bakabu, Charlie Gru und Mimi Lou.
„Bakabu, h-h-hast du gesehen, wie der alte Mann zittert?", flüstert Charlie Gru in Bakabus Ohr.
„I-I-Ihm ist wohl s-s-sehr kalt. Das k-k-kann ich gut verstehen."

Doch dann platzt der Knallfrosch gleich heraus: „Wieso quann denn nun ein Weihnachtslied Querzen anzünden?"

Also beginnt der alte Jonathan zu erzählen: „Wisst ihr, das Weihnachtsfest ist ein ganz besonderes Fest hier auf der Erde. Es wird seit sehr, sehr langer Zeit gefeiert."
„Seit wie langer Zeit?", fragt Bakabu neugierig.
„Nun, begonnen hat alles vor … lasst mich nachdenken … vor fast zweitausend Jahren."
„Z-W-E-I-T-A-U-S-E-N-D", staunen Bakabu, Mimi Lou und Charlie Gru. „Das wird uns Onkel Kornett niemals nie nicht glauben!"

„Ja, vor fast zweitausend Jahren, als in einer kalten Nacht ein Kind geboren wurde. Sein Name war Jesus, deshalb nennt man es noch heute das Jesuskind. Es ist in einer Krippe in einem Stall zur Welt gekommen, in einem Ort namens Bethlehem. Rund um den Stall lagerten Hirten, die ihre Schafe hüteten. Sie haben alles beobachtet und sofort gewusst, dass es sich bei dem Jesuskind um ein ganz besonderes Kind handelt, weil es ihnen gleich richtig warm ums Herz geworden ist in dieser kalten Nacht. Und deshalb haben sie ihm ein ganz besonderes Lied gesungen."

„Ein Zauber-Weihnachtslied", flüstert Bakabu mit leuchtenden Augen.
„Genau, das allererste Weihnachtslied."
„Dann ist ein Weihnachtslied also ein Queburtstagslied, ja?", knallt es plötzlich aus Mimi Lou heraus.

„Das kann man so sagen", antwortet der alte Jonathan. „Und weil diese Nacht und das Kind so besonders waren, war auch dieses Lied etwas ganz Besonderes. Es hatte Zauberkräfte. Es war so schön, dass es in allen Häusern weit und breit die Kerzen und die Herzen der Menschen zum Leuchten gebracht hat. Und jeder Streit war vergessen und niemand musste Angst haben in dieser Nacht."

„K-K-Keine Angst", lächelt Charlie Gru schüchtern. „Das m-m-muss wunderbar gewesen sein. Und was h-h-haben die H-H-Hirten dann gemacht?"

„Die Hirten waren sehr glücklich. Sie sind aufgebrochen und haben das Weihnachtslied zu vielen Menschen auf der ganzen Welt gebracht.

Jeder Hirte ist in eine andere Richtung gezogen und jeder hatte das Weihnachtslied mit im Gepäck. Doch jeder hat es ein bisschen anders gespielt und gesungen, deshalb sind aus dem einen Weihnachtslied mit der Zeit viele Weihnachtslieder geworden. So viele Lieder, wie es Hirten gab. Aber eines ist allen Liedern gleichgeblieben: Jedes von ihnen konnte Kerzen und Herzen zum Leuchten bringen.

Viele Menschen haben danach versucht, auf eigene Faust Weihnachtslieder zu finden, doch es ist noch keinem gelungen. Deshalb ist ein echtes Weihnachtslied ein wertvoller Schatz, und es war die Aufgabe der Hirten, auf den Schatz aufzupassen. So haben manche von ihnen ihr Lied gut versteckt, damit ihm nichts passiert."

„Zum Beispiel in einer Orgel?“, fragt Bakabu aufgeregt.
„Zum Beispiel in einer Orgel“, antwortet der Hirte. „In einer Orgel, die in einer Kirche steht. Doch wenn das Instrument einmal nicht spielen kann, kann auch das Lied nicht gespielt werden. Dann gibt es kein Weihnachtsfest. Und es leuchten keine Kerzen und keine Herzen.“

„Und warum quibt es zum Weihnachtsfest Queschenque?“, platzt Mimi Lou heraus.
„Tja, wisst ihr, das erste Weihnachtslied hatte die allergrößte Zauberkraft von allen“, erklärt der alte Jonathan lächelnd.
„Das erste Weihnachtslied, das alle Hirten gemeinsam gesungen haben, hat einen richtigen Stern über ihnen zum Leuchten gebracht. So hell, dass er drei Besuchern den Weg zum Stall gezeigt hat. Sie sind aus einem fernen Land gekommen und haben dem Jesuskind Geschenke gebracht. Deshalb gibt es zum Weihnachtsfest immer Geschenke. Schließlich ist es ja ein Geburtstagsfest.“

„Queeeenau! Und quenau darum müssen wir jetzt zu dieser Orquel!", quakt Mimi Lou aufgeregt. „Sie muss quesund werden. Damit es für alle Queschenque quibt!"

Also stürmen die Freunde aus der Hütte und machen sich auf den Weg.

ZUR KIRCHE

„Wir müssen zur Kirche!", ruft Bakabu und bringt sein Schiff in Position. „Alles, was wir noch brauchen, ist ein Regenbogen!"
„Aber Bakabu. Es ist m-m-mitten in der Nacht! Da g-g-gibt es doch keinen Regenbogen!", jammert Charlie Gru.

„Ach ja, du hast Recht. Weit und breit keiner zu sehen", stammelt Bakabu entsetzt. „Ohne Regenbogen können wir nicht fliegen! Was sollen wir nur tun?"

„Quanz einfach, wir fahren! Passt auf!" Mimi Lou steht bereits hinter dem Schiff. Der durchgeknallte Knallfrosch schnappt sich Onkel Kornetts alte Kiste, wirft Bakabu den Pfeifenreiniger zu und setzt sich den leeren Behälter wie einen Helm auf. „Wer Quöpfchen hat, trägt einen Helm!", lacht sie.

Gleich darauf beginnt Mimi Lou, Bakabus Schiff von hinten anzuschieben.

Sie strengt sich so stark an, dass sich ihre Backen immer stärker aufblähen und immer größer werden. Langsam beginnt das Schiff zu rutschen und bewegt sich bergab.

„Oh weh, oh weh. Wir sch-sch-stürzen ab“, stöhnt Charlie Gru. Und tatsächlich: Das Schiff nimmt Fahrt auf und schlittert über den Schnee, schneller und schneller. Mimi Lou schiebt noch immer und ihre Wangen blähen sich weiter auf, bis ein lautes HATSCHI-BÄÄÄNG durch die Berge hallt. Bakabu, Charlie Gru und Schneeflöckchen sehen nur noch eine dichte Schneewolke und die Bretter von Onkel Kornetts Kiste durch die Luft fliegen.

Mimi Lou hat den Helm gesprengt.

„Mimi Lou hat wieder geknallt“, schreit Bakabu durch den Fahrtwind, während das Schiff den Hang hinabrast. „Aber wo ist sie bloß? Ich kann sie nirgends sehen! MIMI LOUUU, wo bist DUUU?“ „Hiiieeer quomme ich!“, quakt eine knallende Stimme und plötzlich taucht Mimi Lou aus der Schneewolke wieder auf.

Der Knallfrosch ist auf einem der Bretter zu stehen gekommen und rattert über den Schnee. „Das macht Spaß, Baquabu, Charlie Gru! Das solltet ihr auch mal versuchen! Auf einem Brett den Berg hinuntergleiten! Das hat sicher noch niiieeemand vor mir quemacht! Ich glaube, ich nenne es HATSCHI-Fahren!“

„Oh weh, oh weh, mir macht das gar keinen Spaß. M-M-Mir wird das a-a-alles zu viel“, stöhnt Charlie Gru verzweifelt. „W-W-Wir stürzen den Berg hinunter! Merkt das denn niemand? HILFE! Wir FAAALLEN! Ich kann … ich muss … ich brauche … sofort meinen Fallschirm!“

„NIIIICHT“, schreien alle entsetzt, doch in diesem Moment zieht Charlie Gru die Reißleine und mit einem Ruck wird die Tontaube in die Höhe gezogen. Schneeflöckchen springt schnell auf Charlie Grus Pelzhaube, und Bakabu kann sich gerade noch an die Füße der Tontaube hängen. Langsam erheben sie sich aus dem Schiff in die Lüfte.

Und Mimi Lou?
Sie springt mit ihrem Holzbrett in letzter Sekunde über einen Hügel und klammert sich an Bakabu fest.

So gleiten die vier Freunde friedlich über die schneebedeckte Landschaft, während das Schiff unter ihnen den Berg hinunterdüst und schließlich in die Kirchenmauer kracht. Der Fallschirm aber steuert direkt auf den großen Kirchturm zu, der sich in der Mitte des Dorfes erhebt.

Charlie Gru ist ein ängstlicher, aber erfahrener Pilot und schafft eine sichere Landung auf dem Turm. Direkt neben den vier Freunden hängt eine riesige, schwere Glocke und mitten darin baumelt ein Klöppel, mit dem die Glocke geschlagen wird. Von ihm hängt ein langes Seil in die Tiefe.

„Queschafft, wir sind da", keucht Mimi Lou. „Wo ist die Orquel?"
„Da", antwortet Schneeflöckchen zögernd und zeigt in den tiefen Schacht des Turms hinunter. „Genau unter uns!"

„A-A-Aber wie sollen wir denn da nur hinunterkommen?", fragt Charlie Gru zitternd, als er seinen Fallschirm wieder in den Rucksack packt. „Ich kann da unmö … HIIILFE!"

Die arme Tontaube kann gar nicht fertig jammern, denn schon hat sie eine starke Knallfrosch-Hand gepackt.
Mimi Lou hat sich bereits am Seil festgeklammert.

„Alle festhalten! Questatten, hier ist der Lift in den Quirchturm!"

Knallfrösche können sehr gut klettern und starke Knallfrösche können es noch besser. Mimi Lou seilt sich geschickt ab und ihre Freunde halten sich an ihr fest. So gelangen sie immer tiefer in das Innere der Kirche.

Doch nicht nur Mimi Lou bewegt sich, sondern auch das Seil, an dem alle hängen. Dadurch beginnt der Klöppel langsam zu schwingen und bald ist es in ganz Oberndorf zu hören. Die große Kirchenglocke läutet: „GONG, GONG, GONG!"

Das ist das Zeichen für alle Menschen, dass bald das Weihnachtsfest gefeiert wird. Jetzt dauert es nicht mehr lange, bis sie in die Kirche kommen, um das Lied zu singen. Wenn es eines zu singen gibt …

STILLE NACHT

Als Bakabu, Charlie Gru, Mimi Lou und Schneeflöckchen das Ende des Seils erreicht haben, steht sie plötzlich vor ihnen: die Orgel. Mit ihren vielen großen und kleinen Pfeifen, den weißen und schwarzen Tasten und dem müden, alten Blasebalg, der durch einen Schlauch mit der Orgel verbunden ist.
„Wir dürfen keine Zeit verlieren!", flüstert Schneeflöckchen. „Die Glocken haben schon geläutet. Nicht mehr lange, und die Menschen kommen. Los!"
Also machen sich die Freunde an die Arbeit. Bakabu springt mit Onkel Kornetts Pfeifenreiniger in eine Pfeife nach der anderen, Mimi Lou gießt in jede einzelne einen Schluck Tee und Charlie Gru umwickelt sie danach fest mit Ukuleilas warmem Schal.

Als sie fertig sind, meint Bakabu: „Die Pfeifen sind umsorgt. Also los, wir müssen es versuchen. Jetzt oder nie. Charlie Gru, an die Tasten!

Mimi Lou und ich werden sehen, dass dir nicht die Puste ausgeht!"
Gleich darauf springen der Knallfrosch und der Ohrwurm auf den Blasebalg. Mimi Lou bringt all ihre Kraft auf und ihre Backen füllen sich mit Luft.
„Nicht knallen, Mimi Lou. Bloß nicht knallen", zischt Bakabu leise. In der Zwischenzeit tänzelt Charlie Gru auf den Tasten herum, doch aus der Orgel ist kein Ton herauszubekommen. Nicht einmal ein müdes Husten. Sie versuchen es noch einmal und noch einmal. Auf und ab, auf und nieder, immer wieder. Mimi Lous Backen werden praller und praller. Doch nachdem beim zehnten Mal noch immer kein Ton herauskommt, zieht Bakabu seine Freundin plötzlich vom Blasebalg weg.

„Bitte, halte die Luft an", flüstert er in Mimi Lous Ohr. „Ich habe eine Idee!"
Bakabu schiebt Mimi Lou genau dorthin, wo der Blasebalg in die Orgel mündet. Mit aller Kraft zieht er den Schlauch heraus und anstatt zu niesen, bläst Mimi Lou die ganze Luft aus ihren Backen direkt in das Instrument.

Charlie Gru tapst noch immer auf den Tasten herum und in diesem Moment beginnt die Orgel tatsächlich zu spielen.

Es sind genau vier Töne, für die die Luft von Mimi Lou ausreicht.
„DA-DI-DA-DO", hallt es durch die ganze Kirche. Charlie Gru erschrickt und bleibt regungslos stehen. Auch Bakabu und Mimi Lou können es nicht glauben. Da war etwas.
Da waren tatsächlich Klänge. Vier Töne. Aber war das nun das Weihnachtslied aus der Orgel?

„Schneeflöckchen?“, zischt Bakabu. „War es das? War das das Lied?“
Doch Schneeflöckchen, die die ganze Zeit auf Charlie Grus Kopf gesessen ist, gibt keine Antwort. Sie starrt ganz gebannt in eine Richtung und hat ein strahlendes Lächeln im Gesicht.
„Schneeflöckchen, was ist los? Was hast du?“, fragt Bakabu nervös, doch jetzt hat auch er es gesehen. Ganz hinten in der Kirche. Da! Ein Kranz mit vier Kerzen darauf. Und eine davon … brennt.

„Du hast es geschafft“, flüstert Schneeflöckchen. „Das war ein Weihnachtslied, Charlie Gru. Nicht das alte, aber es war ein Weihnachtslied.“

„Gleich noch einmal“, ruft Bakabu. Mimi Lou nimmt all ihre Kraft zusammen, bläst wieder in das Loch in der Orgel und Charlie Gru spielt dieselben Töne ein weiteres Mal:
„DA-DI-DA-DO.“
Und kaum sind sie erklungen, brennt auch schon die zweite Kerze.

„Hast du das gehört, Joseph?“, hallt plötzlich eine aufgeregte Stimme von der anderen Seite der Kirche. „Diese Töne! Die Orgel. Sie hat gespielt! Ein Wunder! Ein Wunder!“
Schon kommen zwei Männer herbeigeeilt. Es sind Joseph Mohr, der Pfarrer, und Franz Xaver Gruber, der Lehrer.

Bakabu, Charlie Gru, Mimi Lou und das kleine Schneeflöckchen verstecken sich schnell, während Franz Xaver angespannt vor der Orgel Platz nimmt und einige Tasten betätigt. Doch nichts geschieht. Kein Ton kommt aus dem Instrument.
„Ich glaube, wir haben uns das nur eingebildet, Franz. Sie spielt nicht. Es ist zu spät. Die Leute kommen jeden Moment … Das wird wohl ein sehr ruhiges Weihnachtsfest. Glaube mir. Eine sehr, sehr stille Nacht.“

„Das ist es! Eine STILLE NACHT!“, jubelt Franz Xaver und läuft davon, um gleich wieder mit einer Gitarre zurückzukehren.

Joseph blickt ihn verwundert an. „Was machst du? Du weißt doch, dass das Weihnachtslied nur mit der Orgel zu spielen ist."
Doch Franz Xaver ist ganz aufgeregt.
„Ja, das ALTE Weihnachtslied. Aber diese Töne aus der Orgel …" Er spitzt die Lippen und pfeift, worauf sich gleich die dritte Kerze am Kranz entzündet.
„Das war keine Einbildung. Das war ein Zeichen. Für ein neues Lied. Kannst du dich erinnern? DA-DI-DA-DO. Das lässt sich ganz leicht auf der Gitarre spielen.

Und deine Worte: STI-HILLE NACHT! Sie passen genau dazu. Das ist es. Daraus kann ein richtiges Weihnachtslied werden. Eines, das Zauberkräfte hat. Sieh doch, die Kerzen am Kranz!"
Der junge Franz Xaver ist sich seiner Sache sicher. Seine Augen strahlen. „Komm, wir versuchen es gemeinsam."

Und als Franz Xaver die Töne auf seiner Gitarre spielt und beide dazu singen, wird von außen die schwere Türe geöffnet.
Langsam kommen die Menschen aus der kalten Nacht in die Kirche.
Sie bemerken die beiden Männer bei der Orgel, hören den leisen Gesang und versammeln sich gleich rund um sie. Und während alle gemeinsam singen, entzündet sich auch die vierte Kerze am Kranz.

ZURÜCK INS SINGELAND

„Das ist die Gelegenheit!“, zischt Bakabu. „Charlie Gru, Mimi Lou, Schneeflöckchen, schnell, lasst uns hinauslaufen. Sie dürfen uns nicht bemerken. Wenn sie uns finden, sind sie abgelenkt und vergessen das Lied. Sie müssen es so laut singen, dass die Kerzen im ganzen Dorf zu brennen beginnen. Das ist die allerletzte Chance! Wie kommen wir da nur hinaus?“

„Pssst, hierher!“
„Wer war das? Wer hat das gesagt“, fragt Bakabu ängstlich.
„Na ich“, antwortet eine piepsende Stimme. Sie kommt von einer kleinen Maus, die vor einem Loch in der Wand steht. „Hier, hier geht es nach draußen. Vertraut mir. Ich bin hier die Kirchenmaus und kenne jeden Winkel in diesem Haus.“

Schnell laufen die vier Freunde zu dem Loch und treten in ein kleines, gemütliches Wohnzimmer ein.

„Wisst ihr, ich glaube, ihr habt es geschafft“, sagt die Kirchenmaus nun zu den Freunden.
„Hört ihr das?“

Und da ist es: Aus der Kirche tönt ganz laut ein wunderschönes Lied in das Mauseloch. In diesem Moment entzündet sich eine kleine Kerze, die am Tisch des Kirchenmaus-Wohnzimmers steht.
„Je fröhlicher die Menschen sind, desto stärker ist die Zauberkraft des Liedes. Hört ihr, wie laut sie singen? Das ist ein ganz besonderes Lied geworden, das sage ich euch. So hell hat meine Kerze noch nie gebrannt. Wenn ich doch nur einen Baum hätte, den ich damit schmücken könnte. Leider sind Kirchenmäuse viel zu arm, um sich einen Weihnachtsbaum kaufen zu können.“
„Tja, Baum haben wir leider keinen“, seufzt Bakabu.
„Aber dafür haben wir das!“, freut sich Mimi Lou und zieht Onkel Kornetts Pfeifenreiniger durch das Mauseloch.

Mit aller Kraft steckt sie ihn in den Boden.
Und der sieht wirklich aus wie ein richtiger Weihnachtsbaum.
„Frohe Weihnachten", ruft der Knallfrosch zu den Klängen des Liedes und steckt die Kerze auf den Baum. „Das ist ein Queschenk aus dem Sinqueland."

Der neue Weihnachtsbaum zaubert ein herzliches Lächeln in das Gesicht der Kirchenmaus, die gleich darauf die Freunde durch eine offene Türe ins Freie führt.

„Dann habe ich auch ein Geschenk für euch", sagt sie und zeigt auf Bakabus Schiff, das startklar vor der Türe steht. „Es ist vor Kurzem den Berg heruntergefahren und in die Wand gekracht. Ich habe es ein wenig zusammengeflickt. Jetzt sollte es wieder funktionieren."

„Oh, das ist ja großartig", freut sich Bakabu und fällt seinen Freunden um den Hals. „Mein Schiff! Seht ihr das! Ist das nicht toll, Schneeflöckchen, Mimi Lou, Charlie … Charlie Gru?"
Doch jetzt bemerkt Bakabu, dass hier jemand fehlt. „Um Himmels Willen? Charlie Gru? Charlie Gruuu? Wo bist duuu?"

„H-H-Hier oben", ruft plötzlich eine aufgeregte Tontauben-Stimme. Charlie Gru hat seine Flügel ausgebreitet und kommt fast im Sturzflug auf die kleine Gruppe zugeflogen.

„Quompliment, Charlie Gru", quakt Mimi Lou anerkennend. „Quanz schön mutig. Da musst du mich unbedingt mal mitnehmen. Als Quo-Pilotin!"

„Charlie Gru, wo warst du nur? Was hast du gemacht?"
„Ach, w-w-weißt du, Bakabu", zittert Charlie Gru nach der Landung, „als wir der Kirchenmaus den Pf-Pf-Pfeifenreiniger geschenkt haben, ist mir der a-a-alte Jonathan wieder eingefallen. Und sein Z-Z-Zittern. Also h-h-habe ich mir gedacht, ich f-f-fliege zu ihm hoch, und bringe ihm Ukuleilas dicken Schal. Die Orgel hat ihn ja nicht m-m-mehr gebraucht."

„Das war eine tolle Idee, Charlie Gru!“
„Ja, das war es wohl“, flüstert Charlie Gru. „Es war ein G-G-Geschenk aus dem S-S-Singeland. Und der alte Jonathan hat uns auch etwas geschenkt.“ Mit diesen Worten zieht Charlie Gru etwas hinter seinem Rücken hervor.

„Das Magische Metronom“, staunt Bakabu.
„Mit dem man durch die Zeit reisen kann. Aber Schneeflöckchen, was ist, wenn ihr wieder einmal kein Weihnachtslied habt?“

Doch Schneeflöckchen und die Kirchenmaus blicken einander an und sagen gemeinsam: „Das wird nicht mehr passieren. Dieses Lied von der Stillen Nacht ist so zauberhaft, dass es nie verloren gehen kann. Da sind wir sicher. Es braucht auch nicht in einem Instrument zu wohnen. Es wohnt in den Menschen. Und die werden es nie vergessen."

„Mit dem Magischen Metronom kommen wir wieder zurück ins Singeland!", freut sich Bakabu. „Dann müssen wir also nur mehr das Schiff zum Fliegen bringen. Doch es ist kein Regenbogen zu sehen."

„Seht ihr das da in eurem Boot?", fragt die Kirchenmaus. „Ihr habt wohl auch eine Kerze mitgebracht. Ich glaube, das könnte die Lösung sein. Ihr seid doch mit einem Fallschirm gekommen, oder?"
Und tatsächlich: Anton Kammertons Nachtkerze hat auch schon zu brennen begonnen. Und sie leuchtet so hell wie noch nie zuvor.
Schnell helfen die Freunde zusammen und breiten Charlie Grus Fallschirm über das Schiff.

Durch die warme Luft der Kerze steigt er bald wie ein Ballon nach oben.
„Los, alles einsteigen!“, ruft Bakabu. Schnell reicht er Schneeflöckchen noch Jack Embalos Teekanne. Sie zuckt erst zurück, doch dann meint Bakabu: „Keine Sorge. Er ist schon längst kalt geworden. Eisig kalt. Es ist Eistee, Schneeflöckchen. Der wird dir sicher schmecken. Ein Geschenk aus dem Singeland. Frohe Weihnachten.“

Schneeflöckchen freut sich von ganzem Herzen. Sie grinst und pustet Bakabu etwas Schnee auf seinen Hut.

„Hier. Ein Geschenk von mir. Damit ihr immer Schnee habt, wenn ihr ihn braucht. Für ein ganz besonderes Fest.“

Als alle im Schiff sitzen, erhebt es sich langsam über das kleine Dörfchen Oberndorf. Bakabu zieht das Pendel des Magischen Metronoms und flüstert ihm das neue Ziel zu. „Liebes Metronom, bring uns bitte zurück ins Singeland. Dorthin, wo die Musik zu Hause ist. Und unsere Freunde."

Sogleich beginnt das Pendel zu schlagen, immer schneller und schneller, bis Bakabu, Charlie Gru und Mimi Lou nur mehr kleine Sternchen sehen. Doch zuvor wirft Bakabu noch einen schnellen Blick auf das Häuschen am Berg.

Alle Fenster sind hell erleuchtet und vor der Tür steht der Weihnachtshirte, eingehüllt in den dicken, warmen Schal. Und er wirkt gar nicht mehr so alt und müde, wie noch kurz zuvor.

Und auch der Hirte sieht etwas, als er so vor der Hütte steht. Der alte Jonathan sieht einen hellen Stern, der plötzlich davonzischt. Wie ein Komet, der auf die kleine Kirche zeigt.

So, wie damals, vor langer, langer Zeit. Als ein Stern über einem Stall geleuchtet hat. Und als die Weihnachtshirten losgezogen sind, um das Weihnachtsfest in die ganze Welt zu tragen. Und als sie sich geschworen haben, immer gut auf das Fest und auf die Weihnachtslieder aufzupassen. Das ist schon so lange her. Doch der alte Jonathan kann sich noch daran erinnern, als ob es gestern gewesen wäre.

Denn mit jedem Weihnachtsfest schöpft er wieder Kraft für das ganze nächste Jahr … so, wie jetzt gerade.

FROHE WEIHNAC
KAMMERTON A

WEIHNACHTEN IN HORNHAUSEN

In Hornhausen liegt noch immer Schnee. So viel Schnee, dass niemand weiß, wann es so etwas zuletzt gegeben hat. Doch es gibt etwas, das hat es im ganzen Singeland noch nie gegeben: ein Weihnachtsfest. Deshalb zischt ein fröhlicher Ohrwurm durch den Schnee und ist so glücklich, wie selten zuvor. Bakabu pfeift, was das Zeug hält und er trommelt alle Freunde zusammen. Alle müssen zu dem alten Trompetenbaum, den Charlie Gru und Mimi Lou bereits mit Kerzen geschmückt haben.

„Es ist Weihnachten", ruft Bakabu allen zu. „Wisst ihr, was das ist?"
„Na ja …", murmelt Jack Embalo.
„Tja …", flüstert Ukuleila.
„Ich glaube …", raunt Onkel Kornett und Anton Kammerton gähnt verschlafen.
„Weihnachten ist, wenn alle zusammenkommen", sagt Bakabu.
„Und wenn n-n-niemand Angst hat", zittert Charlie Gru.

„Und, wenn es QUESCHENQUE gibt!", ruft eine durchgeknallte Stimme von irgendwo.

„Geschenke?", fragen alle freudig.
„QUESCHENQUE!" knallt es hinter einem Schneehaufen und mit einem Satz springt Mimi Lou auf einem tollen neuen Hatschi-Brett über den Hügel. Aber natürlich hat sie für alle Freunde auch eines mitgebracht. „Quommt! Lasst uns alle quemeinsam Hatschi-Fahren!"

„Warte, Mimi Lou", unterbricht sie Bakabu. „Wir haben doch noch etwas mitgebracht von der Erde."

„Noch etwas?", fragen alle aufgeregt.

„Oh ja. Ein Lied. Ein ganz besonderes Lied. Mit Zauberkräften. Ein Weihnachtslied. Es heißt … Stille Nacht!"

Und als alle zusammen das neue Weihnachtslied singen, beginnen die Kerzen am Trompetenbaum und die Sterne über Hornhausen und die Augen und Herzen der Freunde ganz besonders hell zu leuchten.
Jetzt ist im Singeland zum ersten Mal Weihnachten.

MEHR VON BAKABU:

BAKABU UND DIE (NICHT GANZ) STILLE NACHT

HÖRBUCH - GELESEN VON CHRISTIAN TRAMITZ

Audio-CD (Musik & Klänge: Manfred Schweng)
Dauer: ca. 60 Minuten
ISBN: 978-3-9504391-7-5

HÖR ZU, BAKABU

SPRACHFÖRDERUNG DURCH MUSIK (INKL. AUDIO CDS)

Gebundene Ringbücher
Inkl. 2 Audio-CDs (je 16 Lieder, Voll- und Playback-Versionen)
Seiten: 52 pro Buch
Alter: 2 - 10 Jahre
ISBN: 978-3-9504198-0-1, 978-3-9504198-1-8, 978-3-9504391-2-0

BAKABU UND DER GOLDENE NOTENSCHLÜSSEL

INKL. HÖRBUCH - GELESEN VON CHRISTIAN TRAMITZ

Gebundene Ausgabe inkl. Hörbuch-CD
Musik & Klänge von Manfred Schweng
Seitenzahl: 50
Empfohlenes Alter: ab 5 Jahren
ISBN: 978-3-9504391-0-6

BAKABU - ABENTEUER IM WELTRAUM

GESCHICHTEN UND LIEDER ZUR WERTEBILDUNG

Gebundene Ausgabe inkl. Audio-CD
Seitenzahl: 78
Empfohlenes Alter: ab 3 Jahren
ISBN: 978-3-9504391-6-8

BAKABU, DER OHRWURM ALS STOFFTIER

Länge: ca. 115 cm, Gewicht: ca. 200 g
Empfohlenes Alter: ab 3 Jahren
ISBN: 978-3-9504391-4-4

DER AUTOR

FERDINAND AUHSER startete nach seinem Diplom- und Doktoratsstudium der *Philosophie* mit den Komponisten Arthur Lauber und Manfred Schweng das Projekt *Hör zu, Bakabu – Kinderlieder zur sprachlichen Frühförderung.* Dafür erfand er die Figur *Bakabu, der Ohrwurm* und ist seitdem Autor sämtlicher *Bakabu*-Bücher.
2016 gründete er den *Vermes-Verlag*. Ferdinand Auhser lebt und arbeitet in Tulln.

DIE ILLUSTRATORIN

CECILIA M. LEDERER lebt in Wien und beschäftigt sich seit 2003 mit ihrer Gestaltungsagentur *Butjabutja – Multicrossmedia* mit Illustration, Mediendesign, Medientechnik, Fotographie, Reise-, Fach- und Videojournalismus. Seit 2015 erschafft sie im *Bakabu*-Team die Charaktere rund um den *Ohrwurm Bakabu* und gestaltet die Stoffpuppen, illustriert und layoutet die Bücher und erstellt Grafiken für PR, Werbung, Soziale Medien und den Internetauftritt.

DER KOMPONIST

MANFRED SCHWENG studierte Jazz-Bass, war langjähriges Bandmitglied von *Ludwig Hirsch*, Produzent dessen letzter Alben, Co-Komponist des Erfolgsmusicals *Falco meets Amadeus* (über eine Million Zuschauer) und zahlreicher Filmmusiken (u.a. mit *Arthur Lauber*, zb. *Dolce Vita & Co*). Seit 1995 betreibt er das Tonstudio *Soundgarden Vienna*. Manfred Schweng ist Komponist, Texter, Interpret und Produzent sämtlicher *Bakabu*-Lieder. Er lebt und arbeitet in Wien.

DER HÖRBUCH-SPRECHER

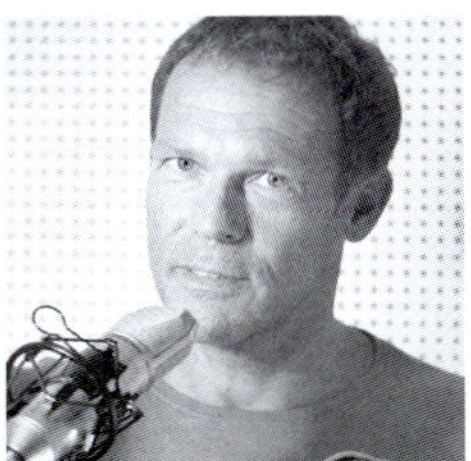

CHRISTIAN TRAMITZ studierte *Philosophie* und *Theaterwissenschaften*, bevor er zum Schauspiel wechselte. Gemeinsam mit *Michael „Bully" Herbig* spielte er in den Kinofilmen *„Der Schuh des Manitu"* sowie *„(T)raumschiff Surprise"*. Seit 2011 verkörpert er in der Erfolgsserie *„Hubert und Staller"* den Polizisten Franz Hubert. Christian Tramitz synchronisierte unter anderem die Animationsfilme *„Findet Nemo"*, *„Findet Dory"*, *„Bolt"* sowie *„Toy Story"* und liest die bekannten *„Eberhofer-Krimis"* der Autorin *Rita Falk*.